LOCUS

LOCUS

LOCUS

LOCUS

| catch |

catch your eyes ; catch your heart ; catch your mind······

catch 016

小小情詩

作者：韓以茜

責任編輯：韓秀玫

美術編輯：何萍萍

法律顧問：全理律師事務所董安丹律師

發行人：廖立文

出版者：大塊文化出版股份有限公司

台北市117羅斯福路六段142巷20弄2-3號

電話：(02)29357190

傳眞：(02)29356037

讀者服務專線：080-006689

郵撥帳號：18955675

帳戶名：大塊文化出版股份有限公司

行政院新聞局版北市業字第706號

總經銷：北城圖書有限公司

台北縣三重市大智路139號

電話：(02)29818089(代表號)

傳眞：(02)29883028

製版：源耕印刷事業有限公司

初版一刷：1998年6月

定價：新台幣150元

Printed in Taiwan

catch

小小情詩

韓以茜創作

Contents

小小情詩

當我在一個愛裡死去，
我便又在另一個愛裡重生！

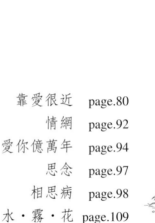

閉上眼睛

忘記這世界　忘記自己

進入

這一個絢麗而神奇的仙境——

在我心中有一片森林

4.27.1994 Wednesday

童話森林

在我心中有一片森林

森林的深處　住著守護的精靈

祂有晶透美目巧捷雙翼

祂有明亮而神靈的眼睛

祂有溫柔帶甜味的聲音

守著森林　不讓別人靠近

守著森林　等待天神預言的奇蹟

千年的等待　預言的奇蹟來臨

童話中的王子

騎著白馬　仗著長劍　身覆華衣

來到森林　戰抗凶殘的惡靈

啓解惡魔的封印

守護的精靈　幻化人形

祂不再憂鬱　祂不再封閉

伴隨著王子　居住在幸福的宮殿裡

永遠地──

在我心中有一片森林

森林中央住著護守的精靈

千年的等待著　天神預言的奇蹟……

在我心中

有一片森林……

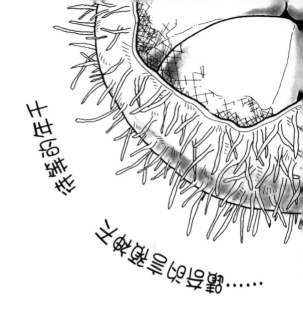

沒準的任干

讓我記住這份神奇……

5.7.1994 Saturday

愛在春季

幽靜的山林裡　傳來牧童的笛音

告訴我　春天悄然地來臨

告訴我　關於溫柔的消息

摒住鼻息　傾聽鳥兒輕啼

牠們說　這世界已依偎在春天的懷抱裡

無心留意　春天輕悄悄地向我走近

冰凍的心　已爲春天輕柔的呼吸溫暖融去

春天輕輕　敲開我久閣的雙目

訴說著世間流傳的每一份眞情

春天輕輕　　開啓我緊錮深鎖的心

傳遞著人們遺忘的溫馨

我的心　因爲春天　永遠美麗

我要甜甜　蜜蜜　柔柔　輕輕　傾訴

所有關於春天

溫柔的消息———

5.17.1994 Tuesday

等待春季

可以呼吸暖郁的空氣

可以聆聽自然的旋律

看　山岳同初陽嬉戲

聽　溪流伴隨雀鳥鳴唱

乘著風　天地間遨遊

多自在　多快活

我在等待春季

期待　在這花開的季節裡

能夠再次與你相遇

快樂　傷痛　淚水　笑語

共同擁有的過去

無論記起　或是忘記

只要微淺恬笑

便是我思念的永續

我　在等待春季…………

流星雨

6.4.1994 Saturday

流星雨

頑皮的精靈

拖著長長的尾曳

分劃闇夜的天際

似我的柔情輕輕

輕輕掠過　你長久灰暗的心

或許

非是記憶裡最深沈的烙印

卻能讓你

在落花紛飛的季節裡

思念起　這場今生難求的

流星雨……

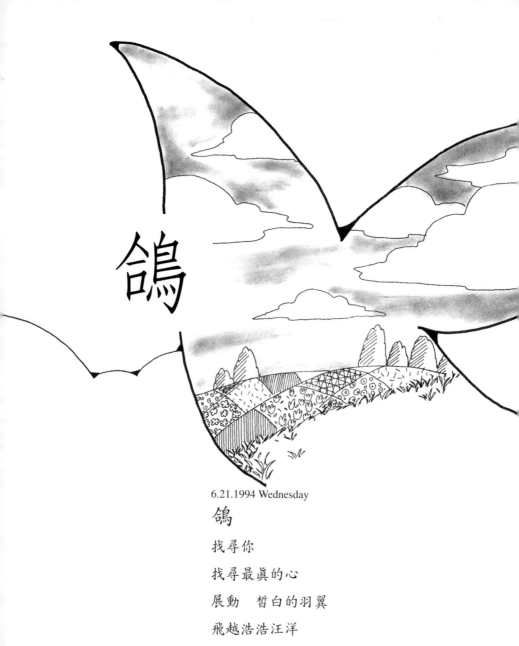

6.21.1994 Wednesday

鴿

找尋你

找尋最眞的心

展動　皙白的羽翼

飛越浩浩汪洋

千山萬水　找尋你

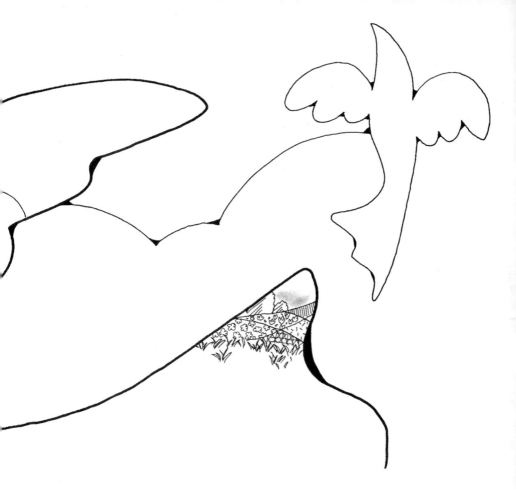

儘管皓潔的毛羽

已爲風雨吹打落盡

哪怕嬌柔的身軀

已是鱗傷遍體

我也要　千山萬水找尋你……

玻璃罐子

尋找一只罐子玻璃

裝滿我所有眞情

深深地　埋藏在時間的流沙裡

多年後　再發現…這隻玻璃瓶

扭啓

罐裡的深情　瞬間飛奔

衝向宇宙的邊際

隨即綻放七彩璀璨

化作光與熱

融入每一雙眞摯的眼睛

流傳世間　成爲不朽的傳奇……

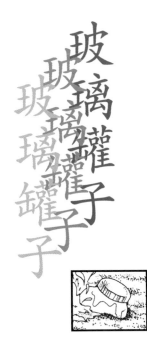

7.28.1994 Thursday

情・願

之一

將我變成一隻白鴿　思念化作綠葉

叮嚀　千山萬水飛越

寄落你身邊——

將我變成一團火炬　深情化作輕煙

燃燒　徐煙裊裊飛飄

縈繞你心田——

之二

可不可以　給我一陣秋風

讓我將黑夜化爲白晝

願不願意　給我一句承諾

讓我將未來定義在你我——

生之宇宙

我是一顆不按道軌運行的星星

浮浮沈沈　流浪在奧密的宇宙裡

你是一顆四處飄遊的流星
遊遊蕩蕩疾速擦錯每個行星

當這兩顆飄遊不定的星

在宇宙的某一處相遇

交會如何？

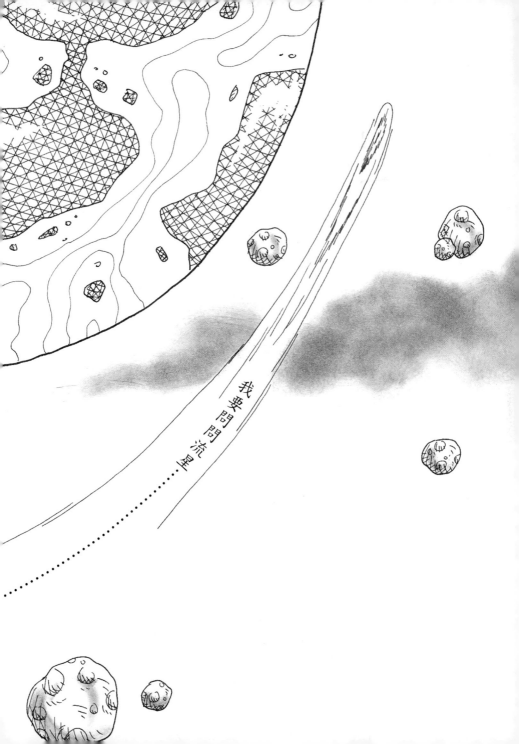

我要問問流星……

如果思念是翠綠的葉

7.30.1994 Saturday

如果　思念是翠綠的葉片

我便是一棵大樹　發滿了一葉葉初生的嫩芽

如果　愛情是芬芳的花朵

我便是一座庭園　佇滿了一株株含苞待放的花

如果　生命是宇宙中行駛的軌跡

我便是一顆行星　永遠不按軌道運行……

8.13.1994 Saturday

愛情商店 Ⅰ

我要訂做　一段動人的故事

交織著你我的回憶

我要訂做　一個美麗的結局

王子和公主永遠在一起

我要訂做　一顆永恆不變的心

伴我生生世世長情……

愛情商店 II

哪裡可以買到

一首動人的旋律

讓我在深夜裡傾聽

哪裡可以買到

一夜酣甜美夢

讓我沈睡時擁你到天明

哪裡可以買到

一段千年不變的真情

讓我三生三世也用不盡——

8.20.1994 Saturday

七彩泡泡

我將思緒　吹成七彩的皂泡

如天空般小大

對著無垠無涯的宇宙　用力飛拋

飄呀飄……　飄呀飄……

在無際的宇宙裡　沒有目的的尋找

但願　能夠找到一顆星球

可以容包飛尋的泡泡

砌築一座　屬於自己的城堡

讓一顆心　不再無所依靠

蒲公英

9.17.1994 Saturday

以真情如初陽溫暖
將溫柔似珠露灌溉
飄落你心底
輕輕地　輕輕地
吹向遠方的你
一落飄散在蔚藍的天空裡
當暖風輕拂大地
等待　春季的來臨
將思念化作蒲公英的棉絮

思念化作種籽　落播心底萌芽兒
將它種在有愛的土地上
細心呵護　待看它一天天的成長
期盼　綻開美麗的蒲公英花
對著每一季的春風
說著你和我的神話

深藍海

9.24.1994 Saturday

我沈浸一片海藍

願隨滴水昇華

與碧空豔陽照耀有你的地方

遠方的鷗鳥

啣來探尋的訊報

聽不到你至今在何處落腳

輕舞的微風

送來熟悉的味道

憶不起過去那一個擁抱

我浮沈一片海藍

要隨濤波流浪

與大海暮陽感動你所有夢想

憩躺的螺貝　裝滿呼喚的名字

拾揀我的愛戀　願在你來時

蒸散的浪泡　記憶晝夜的心情

吸呼我的思念　願在你來時

我溶化一片海藍

就隨天地綿長

與晴天大地看守你永生永世不忘……

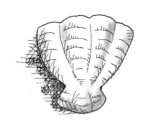

我溶化一片海藍

就隨天地綿長

與睛天大地看守你

永生永世不忘……

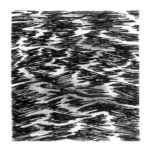

海中孤帆

10.15.1994 Saturday

我是海上一面孤帆

尋找　一個能夠停泊的灣岸

每一艘船　都有著自己的港灣

我卻祇能海裡

任風雨吹打　任濤浪捲翻

固執的小帆

寧願狂風暴雨走向海的另一端

在一片遙遠的海洋
帆兒看見一個美麗的天堂
靠近　卻發現滿是瑚礁暗藏
無法進入　祇能在遠處張望
繼續飄流茫茫一片汪洋
等待
期盼礁石能蝕於不盡的濤浪
成爲帆兒永遠的避風港

海・帆

誘　惑

4.26.1995 Wednesday

誘惑

我用醉人的美麗　蠱惑你

我用馥郁的馨香　誘捕你的心

一顰　一笑　一動　一靜

一步一步朝你逼近

要你讓你難以抗拒

要你要你爲我傾心

侵略　你心中的領土

霸佔　你所有的愛慕

出沒在你情感的交接處

企圖　領你進入你不相信的神話國度⋯⋯

成長與蛻變

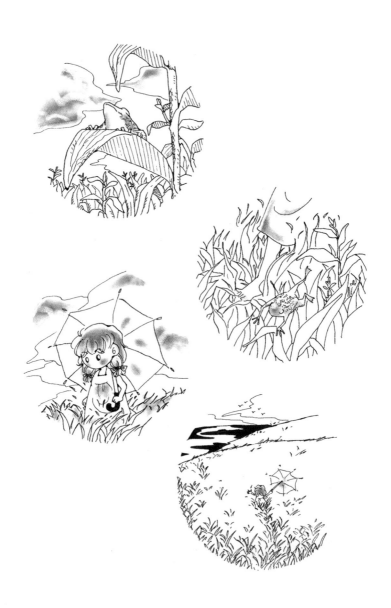

你來

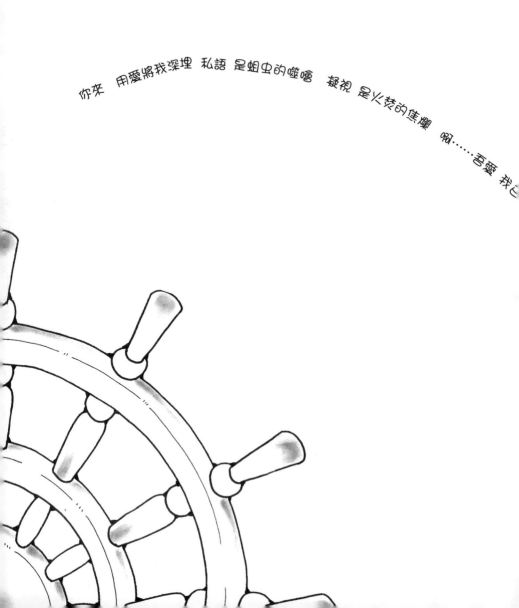

你來 用愛將我深埋 私語 是蛆蟲的囁嚅 凝視 是火焚的焦爛 啊……吾愛 我已

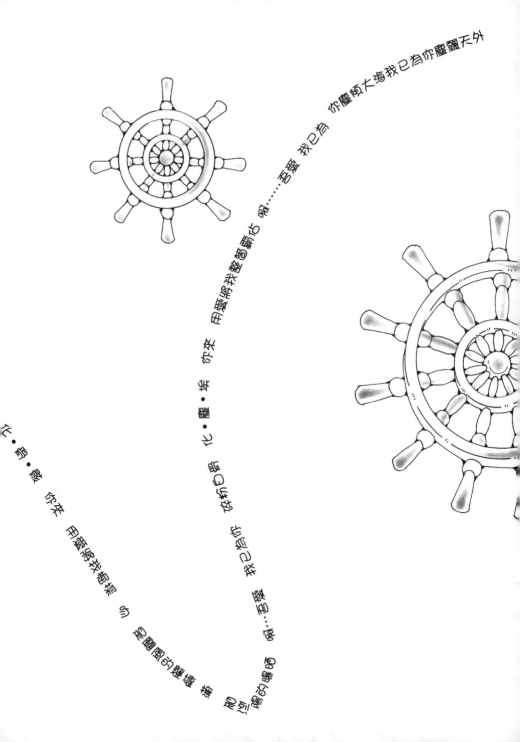

7.8.1995 Saturday

你來

你來

用愛將我深埋

私語　是蛆虫的噬嚕

凝視　是火焚的焦爛

啊……吾愛

我已爲你　蝕腐身肉

　　　　　化・骨・骸

你來

用愛將我掘探

吻　是颶風的襲壞

撫　是烈陽的曝晒

啊…吾愛

我已爲你　碎粉白骨

　　　　　化・塵・埃

你來

用愛將我整箇霸佔

啊……吾愛

我已爲你塵傾大海

我已爲你塵飄天外

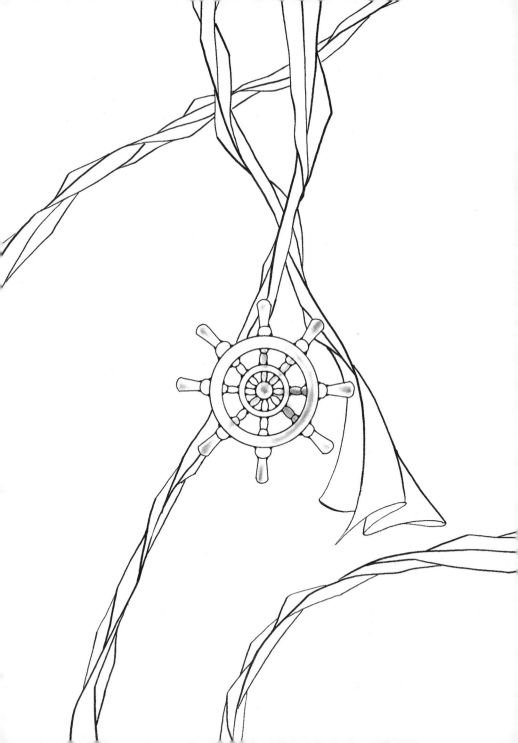

告非愛

很近

9.18.1996 Monday

靠愛很近

你在等待什麼樣的愛情

你在追求什麼樣的美麗

寂寞　空虛　失落　無助

你又將如何擺渡

不要再用笑容掩蔽你的孤獨

不要再用酒精麻醉你的痛苦

我看得見你眼裡的懼怖

我看得見你靈魂的原貌

撥開雲霧　放心跟步

我會等在你生命的陽光處……

睜開靈魂的眼睛

開啓深錮的心

愛情其實靠你很近⋯⋯

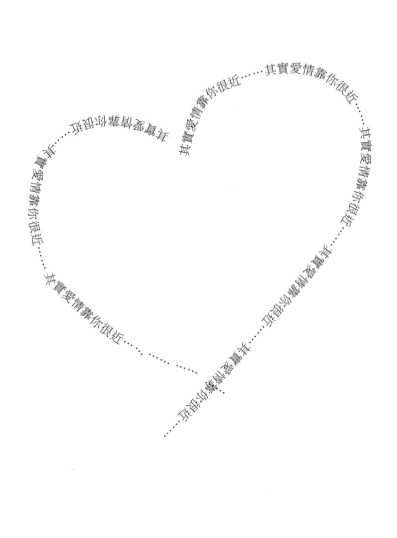

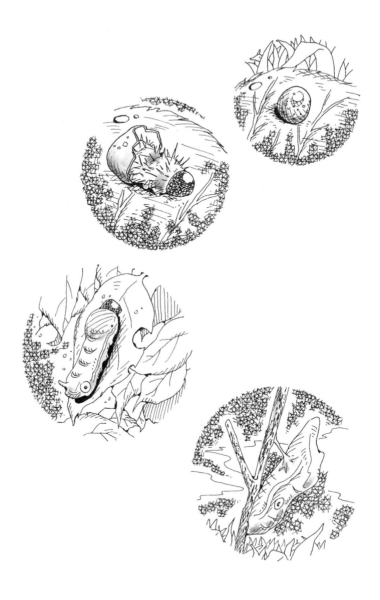

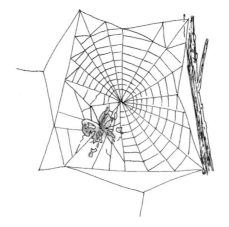

12.13.1995 Wednesday

情網

我想掙脫　愛情的枷鎖

誰知　越是掙扎越難擺脫

我要躲開　情罟的網羅

怎會　越要躲避越逃不過

我欲放棄　有你的夢

然是　越想忘卻越上心頭————

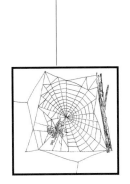

愛你億萬年

12.27.1995 Wednesday

愛你億萬年

這樣想你對不對？

放棄之後　才知道什麼是後悔

這樣愛你對不對？

清醒以後　才發現你早進入我心扉

朝思暮想　萬般牽念

午夜夢裡　尋你不見

今夜　是誰還留在你身邊？

這樣想你對不對？

魂縈夢牽　天天想你何止千百遍

這樣愛你對不對？

猶豫不決　該不該等你一萬年……

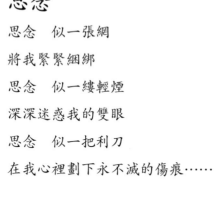

思念

思念　似一張網

將我緊緊綑綁

思念　似一縷輕煙

深深迷惑我的雙眼

思念　似一把利刀

在我心裡劃下永不滅的傷痕……

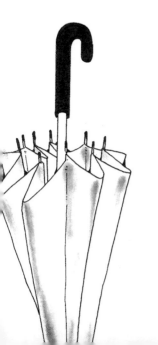

10.6.1996 Sunday
相思病

得了一種名叫相思的病

容顏失了光采

眼神變得茫然

吃不下飯

睡寢不安

時間停頓在生命的最終站

得了一種名為相思的病

精神渙散

腦筋空白

想念與回憶將日子填滿

幸福與快樂捨我跑向雲端

寧願夢裡永遠不醒來

相思的病　無藥可醫

日益嚴重　難以痊癒

體溫下降38℃

呼吸頓時暫停

身體凍結在溫高40℃的夏季

用你當藥材　用愛做藥引

一生一世服用不能停

才能治癒　神仙難救的相思病…

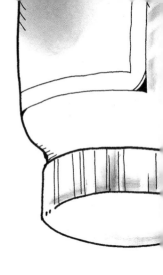

用你當藥材——

用愛做藥引……

一生一世服用不能停 才能治癒 神仙難救的相思病…

花‧霧‧水流

10.25.1996 Saturday

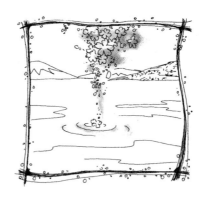

思念　牽皺一池春水
　　泛動粼粼銀光

眞情　爆作仲夏烈陽
燃起熒熒紅花

伊人　恰似一葉秋楓
　　飄零遙遙異鄉

嘆息　凝成凜冬冰霧

　　綴滿夜夜孤窗……

（之一）

愛
戀
三
部

聽說春天要來

盼到葉落秋散

盼到霜雪天地白

盼到髮黃顏色衰

盼到深情冷淡

盼到真心竭死魂魄散

春天竟不復再

（之二） 4.12.1997 Saturday

寒雨落　如刺

扎滿一顆心

冷風吹　似情

顫染一身愁

我的心情

遺落在北風裡

凝結每一個夏季

我的愛戀

追尋遠方的身影

帶走我一世真情

我的未來

停留在遙遠的過去

廝守憶念的你⋯⋯

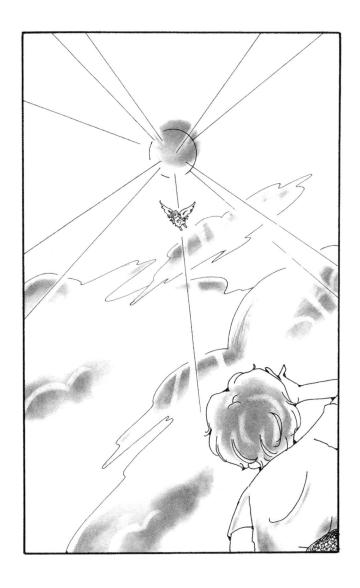

落楓

5.4.1997 Sunday

落楓　被深秋遺忘在寒冬

細雨　被飄雲棄撒在河流

孤獨的我　被你留卻在風雨中

情似雨　心如楓

戀秋狂雲　恍恍蕩蕩　迷迷濛濛

霜雪覆紅楓

滴雨隨波流

是等待　是尋覓

哪管涼秋無情轉嚴冬

哪怕浮雲無意戀青空

尋回眞心

5.7.1997 Wednesday

懸賞　公告

尋找遺失的心

不知何時　是誰偷去

爲要讓我不再動用眞情

尋訪　偵查

探測幾點蛛絲馬跡

愕然發見　竟隨你遠去

任憑呼喚也找不回眞心……

任憑呼喚也找不回眞心……

Chiann

Morgan

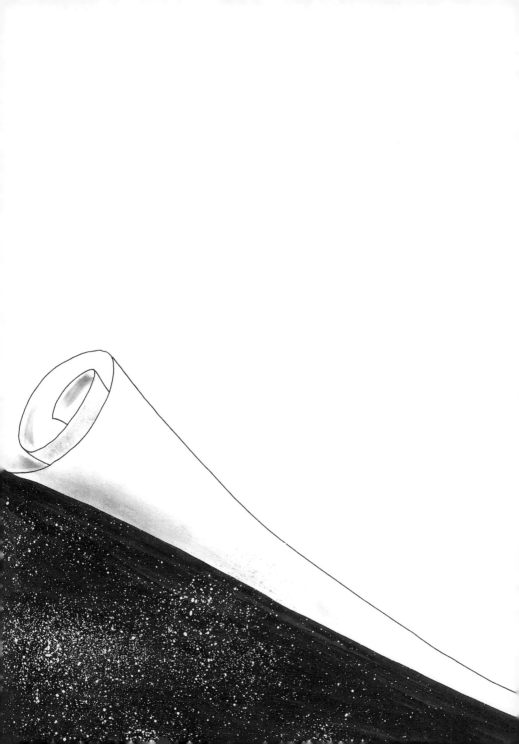

銀河之星

7.5.1997 Saturday

銀河之星

狂風吹起

隨風　飄向宇宙的邊際

找尋一張張被遺忘的身影

我在哪裡？

迷失在沒有太陽的銀河系

黑暗包圍了我的眼睛

害怕

只剩下自己

忍不住長久積累的恐懼

渴望　一顆小小的流星

驅趕黑闇的空氣

賦予點點光明

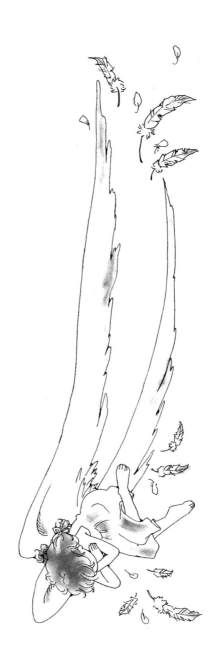

是不是你？

我問自己

在我脆弱的心靈留下不滅的痕跡

瞬間的光輝帶來永恆的美麗

逃逸　停留在不屬於我的星系

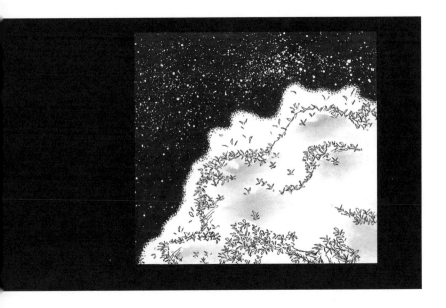

黑暗　再度侵襲

將身體蜷曲

繼續飄游在沒有邊際的銀河系

不知道　會不會再有一顆流星

為我劃破黑闇的恐懼……

☆

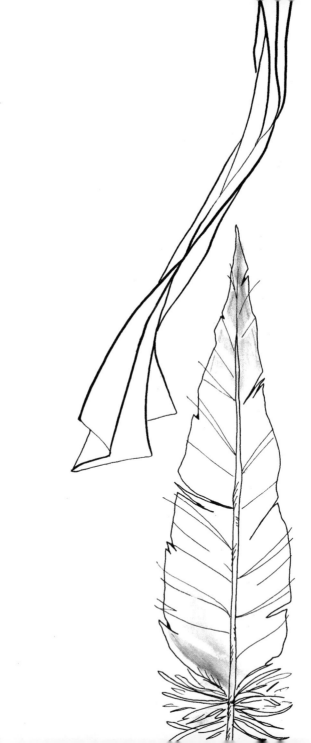

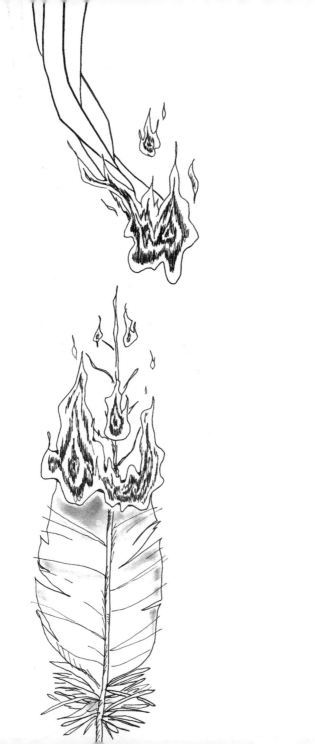

情咒

情咒情咒情咒 情咒情咒情咒情咒情咒情咒 情咒情咒情咒情咒情咒情 咒情咒

8.16.1997 Saturday

情咒

風聲鶴唳

何是？在窗外狂肆暴動

驚乎一陣喧然濤波

指揭簾幔

怔于一片長空雲湧

翻攪　沸騰　雷閃爆破

要人間情是惶恐

蝕日已風　淪陷魘夢
要凡塵盡喪情鍾
毀滅發見我　窺窬櫺隙
伺機逃脫
憤憤要將我吞沒
呼嘯天地千萬靈動
掙逐槁槁乾漠
任是抵抗　任是脹腐
涅消黃土問有誰人慟…

消息

8.30.1997 Saturday

消息

不要問我　關於他的消息

即使曾經相愛　即使曾經動情

所有的溫柔　早已隨風遠去

雖然我想忘記　雖然仍會痛心

深藏的記憶　仍卻不斷提醒自己

不要再問我　關於他的消息

所有和他有關的字字句句

都像針刺　都如刀劈

刀刀針針痛割心靈

血液　不知何時流盡

不要一再問我　關於他的消息
我已呼吸不到他周身的空氣
我已感覺不到他的魂靈
他的世界　已與我脫了干係
他的一切　我已不再熟悉
不要再打亂我好不易得來的寧靜

不要再改變我好不易找到的心情
害怕　又將陷入無底的深淵裡

真的　不要再問我關於他的消息
還是會在夜裡想起
仍然繼續用情
他的事　我只想當做祕密
除了自己　我不再說給人聽……

葬心

9.13.1997 Saturday

我在霧裡尋找愛

摸索　步探

淹沒在一片白茫茫的雲海

惟恐　墜落無底的懸崖

勁風怒喊　巨嘯狂瀾
不確定　你是否會在彼岸
破喉嘶喊　喚你過來
仍祇見　霧氣灰白
留下我
迷失霧裡　身葬懸崖……

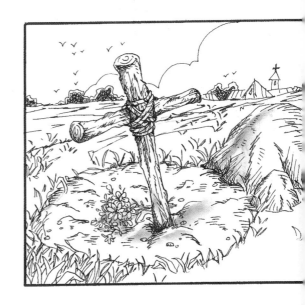

夜空

每當我拿起照片　想起從前

淚水不禁佈滿雙眼

那是一段遙遠的過去

那是一段有你的回憶

那是一段現在才發覺的深情

不斷提醒自己　不要再想你

不斷告訴自己　一切已經過去

卻仍然一再在夜裡哭泣

每當我仰望夜空

流星自黑幕中劃過

心底的傷　祇不斷隱隱作痛

因爲我看見　有你的名字餘留在空中……

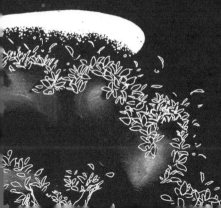

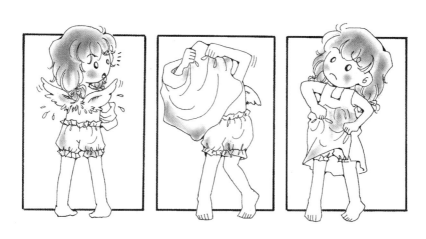

夜星

9.20.1997 Saturday

一絲　一絲

竟是名字思念

抹不去　及烙心田　沸熱　脹痛　嘔出一片藍海天

星　點點綴滿一夜髮黑

誰　不慎抖落瞬速一線

一絲　　一絲

竟是名字思念

抹不去　反烙心田

沸熱　脹痛　嘔出一片藍海天

猶帶血

蒸散於火光白熱

絕跡億萬光年……

蒸散於火光自焚
絕跡億萬光年
絕跡……億萬光年
……億萬光年

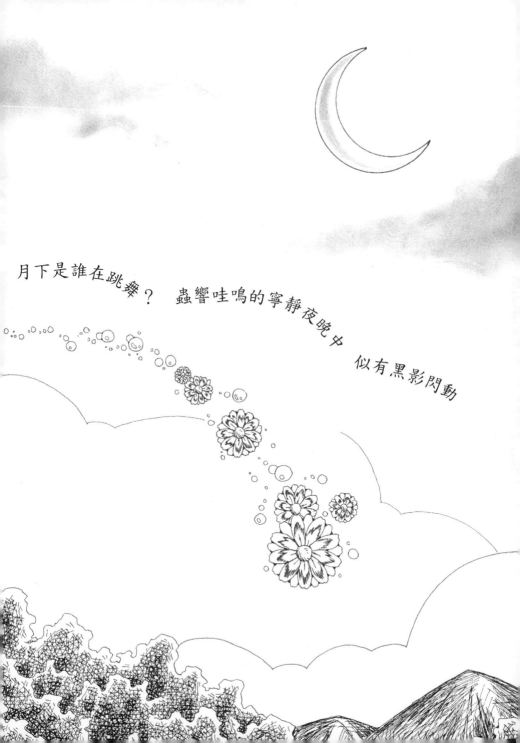

月下是誰在跳舞？　蟲響哇鳴的寧靜夜晚中　似有黑影閃動

我不確定是不是風

撩幸 翠草 花朵   一棵棵新裁的榕 ……

……………抑或是你 在爛漫的午夜 舞動求愛的足手 為求一宿溫柔

為求一宿溫柔⋯⋯

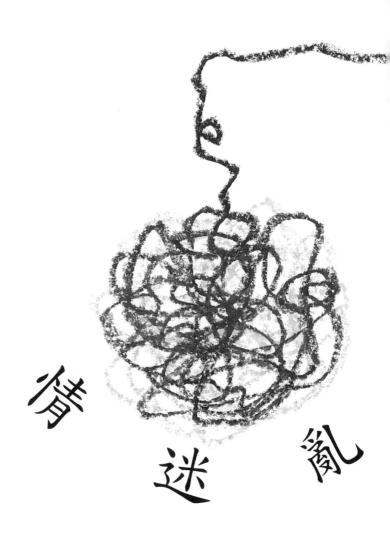

眚 迷 亂

12.26.1997 Friday

情迷亂

我放落手中的落葉片片

滿載著對伊人的思戀，

望隨流水飄遠。

望　是我的祝福，

祝福　是我的愛的重生。

重展那扇曾爲我推高的枯葉

而無法開啓的門，

迎入暖風襲來的

香花瓣瓣，這一季的新春。

我接著等，或循往上游找，
不再爲乾槁的葉片
放棄了又一季的春。
我來到一處曠野
佇滿千紅萬紫──
紅的花　白的花
黃的花　紫的花　紛彩的花，
粉蝶兒飛繞，棕雀兒舞空鳴叫。
『感謝天，讓我淌入春的彎臂裡！』
我唱我叫，

我大聲地歡笑

笑彎了我的腰

我往一地的香花裡倒，

撲一身芬芳沁鼻，

融入這個絢麗的世界裡。

站起，我向溪泉走去

想汲啜一口渴飲，

卻驚見滿地枯葉，

枯葉它未隨流水飄遠。

我奮臂濺動流泉
激轉出一圈圈的渦旋，
葉片卻止不斷地
旋繞在我的手邊，
它不願隨流水飄遠，
它不願隨流水飄遠！
『老天，我不要這葉
我要那嬌豔的春花！』
我喊我叫，
我用力地跑，
跑盡了氣，
喘在溪邊跪倒。

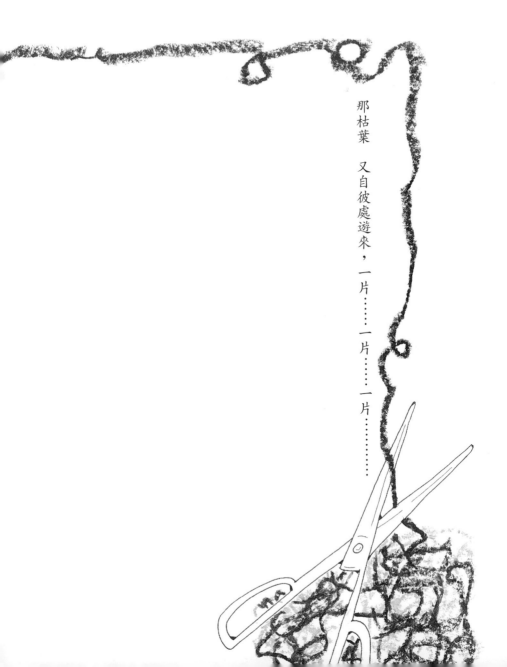

那枯葉

又自彼處遊來，一片……一片……一片………

當我在一個愛裡死去，

我便又在另一個愛裡重生！

3.8.1998

韓以茜

國家圖書館出版品預行編目資料

小小情詩——青春愛做夢／ 韓以茜創作.
— 初版— 臺北市：大塊文化，民 87
面； 公分. — (Catch；16)
ISBN 957-8468-49-0 (平裝)

851.486   87006535

讀者回函卡

謝謝您購買這本書，為了加強對您的服務，請您詳細填寫本卡各欄，寄回大塊出版 (免附回郵) 即可不定期收到本公司最新的出版資訊，並享受我們提供的各種優待。

姓名：＿＿＿＿＿＿＿＿＿＿＿＿**身分證字號**：＿＿＿＿＿＿＿＿＿＿

住址：＿＿＿＿＿＿＿＿＿＿＿＿＿＿＿＿＿＿＿＿＿＿＿＿＿＿＿

聯絡電話：(O)＿＿＿＿＿＿＿＿＿＿＿ (H)＿＿＿＿＿＿＿＿＿＿＿

出生日期：＿＿＿＿＿年＿＿＿＿月＿＿＿＿日

學歷：1.□高中及高中以下 2.□專科與大學 3.□研究所以上

職業：1.□學生 2.□資訊業 3.□工 4.□商 5.□服務業 6.□軍警公教
7.□自由業及專業 8.□其他＿＿＿＿＿

從何處得知本書：1.□逛書店 2.□報紙廣告 3.□雜誌廣告 4.□新聞報導
5.□親友介紹 6.□公車廣告 7.□廣播節目8.□書訊 9.□廣告信函
10.□其他＿＿＿＿＿＿

您購買過我們那些系列的書：
1.□Touch系列 2.□Mark系列 3.□Smile系列 4.□catch系列

閱讀嗜好：
1.□財經 2.□企管 3.□心理 4.□勵志 5.□社會人文 6.□自然科學
7.□傳記 8.□音樂藝術 9.□文學 10.□保健 11.□漫畫 12.□其他＿＿

對我們的建議：＿＿＿＿＿＿＿＿＿＿＿＿＿＿＿＿＿＿＿＿＿＿
＿＿＿＿＿＿＿＿＿＿＿＿＿＿＿＿＿＿＿＿＿＿＿＿＿＿＿＿＿＿＿＿
＿＿＿＿＿＿＿＿＿＿＿＿＿＿＿＿＿＿＿＿＿＿＿＿＿＿＿＿＿＿＿＿

LOCUS

LOCUS